26260

# LE CRI

# DE LA RUSSIE

Par LÉONCE.

MARSEILLE,

Imprimerie civile et militaire de J. CLAPPIER,

Rue St-Ferréol, 27.

—

**1854.**

# LE CRI DE LA RUSSIE.

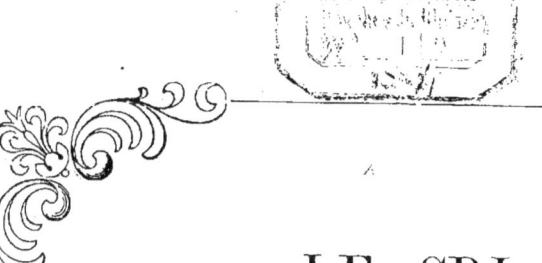

# LE CRI

# DE LA RUSSIE

Par LÉONCE.

PRIX : 2 FRANCS.

MARSEILLE,

IMPRIMERIE CIVILE ET MILITAIRE DE J. CLAPPIER,

Rue St-Ferréol, 27.

—

**1854.**

# LE CRI DE LA RUSSIE.

POUR PARAITRE INCESSAMMENT :

————

Une visite au Caveau de S$^t$-Denis ;

L'Ombre de César ;

L'Œil et la Serre de l'Aigle ;

Les Echos Byzantins.

# LE CRI

# DE LA RUSSIE

Sœpiùs ventis agitatur ingens
Pinus, et celsœ graviore casu
Decidunt turres feriuntque summos
Fulmina montes.

(HOR. Od. vii. Lib. sec.)

Entendez-vous, au loin, gronder le sourd tonnerre,
Effrayant précurseur d'une sanglante guerre?
Voyez-vous s'agiter ces hommes furieux,
Que le nombre et l'orgueil ont fait impérieux?

Quel est ce bruit lointain, cette clameur bellique,
Troublant jusqu'aux échos du rivage Gallique?
Quel sont donc ces héros, déjà sûrs d'un succès
Dont n'ose se flatter le courage français? —

Cette voix d'Outre mer, par les échos grossie,
Est le sauvage cri de la froide Russie ;
Et ces preux insolens, venus de toutes parts,
Sont des valets courbés sous le joug des Boyards !

Hurrah ! répètent-ils, dans l'accès du délire !
Ce cri s'étend et vole aux confins de l'Empire ;
Le Czar voit accourir nobles et roturiers ;
Son regard satisfait les nombre par milliers.

« Hurrah ! dit l'autocrate, et sa voix est sonore :
» Ma flotte ira sous peu mouiller dans le *Bosphore* ;
» Mes guerriers du *Caucase* et mes soldats nouveaux,
» Du *Pruth* et du *Danube* ayant franchi les eaux,
» Sémeront l'épouvante aux champs de *Roumélie*.
» Les Turcs, dont la bravoure est presque une folie,

» Surpris entre deux feux, demanderont merci !

» Tous les fils du *Croissant*, (et je le veux ainsi,)

» Deviendront les sujets d'un prince philantrope.

» Avec l'empire Turc, j'ai la clé de *l'Europe* ;

» Rien ne peut arrêter mon glorieux élan :

» La mer intérieure et le vaste Océan,

» Porteront mes vaisseaux sur tous les points du monde ;

» Je veux une moitié de la *terre* et de l'*onde* ;

» Et pour perpétuer mon triomphe certain,

» J'offre *Constantinople* à mon fils *Constantin* !! »


Hurrah ! le bronze tonne, et l'armée Ottomane,
Revendiquant les droits d'un traité qu'on profane,
Répond aussi : hurrah ?.... son énergique voix,
Réveille l'*Angleterre* et la *France* à la fois :


C'est le cri spontané que pousse la vengeance,
Lorsqu'un joug oppresseur pèse dans la balance
D'un peuple libre et fier ; c'est l'accent solennel
Qui s'élève du globe, et monte à l'Eternel
Pour invoquer son aide, et demander justice
Contre l'iniquité qui vient d'entrer en lice.

Hurrah ! fils du Prophète et de la Chrétienté !
Armez-vous promptement ; car le gant est jeté !
C'est la main du très-haut qui vous ouvre l'arène ;
Les colosses du *Don*, les géants de l'*Ukraine*,
Ne sauraient un instant paralyser vos cœurs ;
Dieu combat avec vous, et vous serez vainqueurs !!

Aux armes ! *Albion !* viens t'unir à la *France*,
Si tu veux conserver tes comptoirs en souffrance
Lève-toi pour punir avec sévérité
Un forfait odieux de *lèse-humanité* !

Aux armes ! *Polonais !* depuis longtemps en butte
Aux cruautés des *Czars ;* prenez part à la lutte ;
Le moment est venu de recouvrer vos droits,
D'affranchir la patrie et de créer vos lois.

A travers le fracas du fer et de la foudre,
A travers la fumée et l'éclair de la poudre,
Ne distinguez-vous pas cette divinité
Que tout peuple qui souffre a nommé : *Liberté ?*

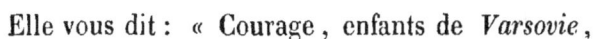

Elle vous dit : « Courage , enfants de *Varsovie* ,
» Je reviens près de vous : la *Pologne* asservie ,
» Déchirant son linceul , renaît de son tombeau ;
» Dieu venge la victime et punit le bourreau ! »


Aux armes ! fils des *Francs* ! la *Russie* orgueilleuse
Trouble votre repos ; sa parole railleuse ,
Aiguillonnant l'esprit , a froissé votre cœur.


Aux armes ! c'est le cri que formule l'honneur,
Quand l'étranger hautain vient insulter en face
Le droit et l'équité ; quand son glaive menace
L'avenir d'un pays ou d'une nation ;
Quand *l'Europe* est l'objet de son ambition.


Aux armes ! transportez vers l'antique *Bysance*
Vos bataillons fougueux , dont la seule présence ,
Soutenant la vigueur de ses fils aguerris ,
Domptera la fureur du cosaque surpris !

Oui , soldats de *Russie* , il est une barrière
Qui vient briser l'élan de votre ardeur guerrière :
Deux peuples, excités par un noble courroux ,
Se lèvent menaçants , et s'arment contre vous !


Garde à toi ! *Nicolas* ! la *France* et l'*Angleterre* ,
Ont hésité longtemps à te faire la guerre ;
Mais , ton mauvais génie et ton entêtement ,
Lassant leur patience et leur raisonnement ,
Décident un cartel généreux et sublime ,
Qu'il te faut accepter ; car il est légitime !


Que ton cri, provoqué par ce loyal cartel ,
Se répète et s'étende , en signe de rappel ,
Des bouches du *Wolga* , jusqu'à la *Mer Baltique* ;
Des rives du *Nieper* , jusqu'à l'*Adriatique* :


Que la *Prusse* , l'*Autriche* , ou bien d'autres États ,
Répondant à ce cri, te prêtent leurs soldats ;

Que tes nombreux canons , se chargent de mitraille
Et vomissent la mort sur les champs de bataille ;

Que tes hardis marins , s'élançant sur les eaux ,
Heurtent , impétueux , le flanc de nos vaisseaux ;

Que tes noirs escadrons , affamés de carnage ,
Sur nos braves soldats , se jettent avec rage ;

Que tout bronze s'anime , et sonne leur trépas :
Homme aux vastes projets.... nous ne te craignons pas !!

Ambitieux , ton imprudence ,
Précipite ta décadence ;
Ton équilibre est détruit ;
La fatalité te poursuit ,
Et le *Titan* devient *Pygmée* !

Les cent voix de la Renommée,
Vibrant, bientôt, au sein des airs,
Annonceront à l'Univers :
Que le dernier canon qui gronde ;
Est une plainte moribonde,
Qui décide à jamais du sort
De l'altier souverain du Nord !!